JN153710

タロー　子供の夢

雨宮惜秋

小学校三年生のジュンちゃんが、息をはずませながら帰ってきた。いきおいよく開けられた玄関ドアからは、早春の冷たい風が吹きこんでくる。

「お母さんただいま。おやつちょうだい。あッ、メロンパンだ。ぼく大好きなの、これを持ってタローとお散歩に行ってきます」

「ジュンちゃん、ドアをきちんと閉めてからお入りなさい。おやつくらいテーブルで食べたらどうなの。それに宿題もあるのでしょう。みんなすませてから行くんですよ」

「きょうは宿題なんて、ないんだもん。ラッキー、それじゃあ行ってきます。タロー、タロー、さあ行くよ」

裏庭では、タローの力強い吠え声とジュンちゃんの楽しそうな笑い声が響きあっていた。

ジュンちゃんのお母さんは、上品な眉をひそめて、整った美しい顔だちに、わずかな面やつれを浮かべてため息をついた。

……あの子ときたらタローと遊んでばかりで、少しも勉強をやろうとしないし、本当に困ったものだわ。タローなんてずう体ばかり大きくて、真黒でおまけにびっくりする程の大食いで、あんな犬のどこがいいのかしら。犬を飼ってもいいなんて、言わなければ良かったわ。わたし犬なんて嫌いよ。本当にいやだわ……。

しばらくもの思いに沈みながら、ジュンちゃんのお母さんはぼんやりと自分の手をながめた。それはすんなりとして、きゃしゃで上品な、しかしすっかり家事に荒れたお母さんの手だった。

バタンと無造作にドアを閉める音がした。

「ああ、つかれた、つかれた。相談があるから早く帰ってこい、という君のお言いつけで大急ぎで仕事を一段落させてきたんだ。いやあ大忙しだったよ。なんといっても突然の転勤命令だったからね。一日中、引きつぎやらなにやらで、てんてこ舞いさ。まいったね」

良く通る声で一気にまくしたてると、お父さんは朗らかに笑った。

「それで相談というのは、いったいなんだね。できるだけ簡単にお願いしたいなあ」

「ごめんなさいね、あなた。お風呂を使って下さいな。そのあいだにお夕食の仕たくをしますから。そうしたらビールでも召しあがりながら、ゆっくりわたしの話を聞いてくださいね」

すっかり陽も落ちて、寒の戻りの北風が吹きはじめた頃になって、ようやくジュンちゃんとタローが帰ってきた。

「アハハハ、なめちゃだめだってば、くすぐったいよ。アハ、アハ、アハハハ。あとで晩ごはん持ってきてあげるからね。いい子にしているんだよ」

ジュンちゃんはスキップを踏みながら、家の中へ駆けこんだ。

「お母さんただいま。夕飯のおかずはなあに」

甘えん坊の彼は、お母さんのエプロンにまつわりついた。

「だめよ、やめなさい。ジュンちゃん手を洗うのよ、石けんを使って、ていねいに洗うのですよ。いいわね。まあッ、その泥んこのズボンはどうしたの。

着換えていらっしゃい」

「はあい」と返事はしたものの、不満そうにほっぺたをふくらませて、部屋をあとにしたジュンちゃんを見やりながら、お母さんは疲れたようなため息をついた。お母さんはお父さんのグラスにビールをつぎながら、少しイライラした様子で言った。

「まったく、どうして男の子というのは、ああなのかしら。ジュンちゃんが女の子だったらよかったのに。そうすればお母さんとお話をしたり、いっしょになにかしたり、できたでしょうに。あの子ときたら、タローのことばかりなのよ」

すっかりおなかをすかせてから、湯上りのビールをグイッと飲んで、赤ら顔になったお父さんは、いかにも楽しそうだった。お母さん、妙な言い方をしないでくれよ。おいジュンちゃん、こっちへおいで。一緒にご飯にしよう。きょうは、タローとどこへ行って遊んできたんだ。どうやら大活躍だったらしいな」

「うん、今日はね、とうとうやったんだよ。タローがね、公園のすべり台のはしご段を登ったの。みんな大喜びで拍手をしてくれたんだよ。ねえ、お父さんね、タローみたいな大きな犬が、こんなことをするなんて、すごいことなんだよ。だってタローは秋田犬より大きいんだもの」

「そうか。そいつはすごいな。今度はお父さんもいっしょに行って、見せてもらおう」

もともとがデリケートな性格ではあったけれど、今夜のお母さんは、いつもの何倍も神経質な様子だった。

「あなたがいつも、そんな風にして甘やかすのが悪いのよ。ジュンちゃんが少しも勉強しないのは、あなたのせいですわよ」

人いちばい大柄な体を、ゆったりとくつろがせて、なだめるように、小さな子供に言い聞かせるような調子でお父さんは答えた。

「まだ子供なんだから、勉強なんかどうでもいいじゃないの。人間というものは、いずれやるべき時が来れば、自然にそうするようになるものだよ」

かなり気色ばんで、つけつけとお母さんは反論をはじめた。

「あなた、なんてことおっしゃるの。世間のみなさんは、子供たちを学習塾に通わせたり、お宅によっては家庭教師までつけているんですよ。それに比べてあなたときたら……わたし心配で心配で……」

いまにも泣き出しそうなお母さんの態度に、お父さんはすっかり困惑して、とりあえずジュンちゃんをしかることにした。

「わかった、わかった。おいジュンちゃん、少しは勉強しろよ。宿題はちゃんとやるんだぞ。なッ、母さんこれでいいだろう。それより相談ってなんだね。お願いだから、母さんやなるべく手短に頼むよね」

お母さんは背筋をピンと伸ばして、きちんと坐り直した。

「あなた、わたくし決心いたしましたの。あなたの東京本社への単身赴任には、わたくし反対いたしますわ」

「えッ。そんなこと言ったってお母さん、会社の転勤命令を断るわけにはいかないよ。それは無茶だよ」

いつもの和やかな夕食のひと時とちがってきょうは、なにかとげとげしくて、すこしもご飯がおいしくないような、へんな気分に食卓が包まれていた。

「お父さん転勤するの、東京へ行っちゃうのそしたら、ぼくやタローや、お母さんはどうなるの」

「そのことを、これからお父さんと相談するのよ。あなたはなにも、心配しなくていいのよ。もう遅いから先におやすみしなさい」

お肉やお魚のおかずの場合には、ジュンちゃんはいつも、わざとひと口残すのだが、今夜はへんにお腹がいっぱいで、ほとんど食べ残してしまったのだった。

「それじゃあ、ぼくタローに夜のおやつあげてから寝ます。ねえ、このお肉の残りもやっていいでしょう」

「また、わざと残したのね。でもいいわよ。そしたら早く寝るのよ」

犬小屋の方で、しばらく笑い声がして、それからジュンちゃんは、居間のとなりの子供部屋に引きあげた。

思い詰めた様子で、お母さんが話しはじめた。

「あなた勘ちがいなさらないでね。わたくしあなたとごいっしょに、まいりますのよ」

「そんなこと言ったってきみ、ジュンちゃんの学校のこともあるし、いくらちっぽけなあばら屋だからといって、この家はどうするんだ。それにタローは連れてはいけないよ」

「わたくし前々から、ジュンちゃんの将来のためには、こんな山の中の田舎町で暮らすなんてことは、良くないことだと考えておりましたの。早く東京へ帰らなくては、と思っておりましたのよ。ジュンちゃんは、本当は頭の良い子なんです。一流の小学校、中学校そして高校、大学へと進んで、それから一流の仕事について、将来は大きく羽ばたいてほしいのよ。こんなちっぽけな家屋敷のことなぞ、どうにだってなりますわよ。それにあなただって、本来なら今頃は、本社の役付かアメリカ、ヨーロッパの支社長になっていても、決しておかしくはない人なのよ」

「あんまり買いかぶらんでくれよ。それに出世ばかりが人生じゃないさ。なんといってもこれまで永いこと、この土地に勤めてこられたのは、会社の温情によるものなんだ。おかげで難病のお袋さんの介護を、最後までしてやることができたんだ。きみには、すっかり苦労をかけてしまった。すまなかった、ありがとう」

熱いものがこみあげてきて、思わず取り乱しそうになったけれど、お母さんは気持ちのたかぶりを押さえながら、そっけなく言った。

「いいのよ、そんなにおっしゃらないで下さいな。でも、もうここにいなければならない理由はありませんわ。会社だって、英語、ドイツ語、ロシア語と、三か国語が外国の人と同じように上手にできるあなたを、こんな田舎町に置いておいたのではもったいないと考えたからこそ、本社に呼び戻したのよ。東京では、外国のお客様をおもてなしする機会がたびたびあるはずよ。わたしだって、英語だけなら日常会話くらいこなせますわ。ねえあなた、わたしがいなくて、どうなさるおつもり」

お父さんは穏やかにお母さんの話に耳を傾けていたが、やがて考え深げに口を開いた。

「それはそうだが、しかしだね、ここは自然に恵まれていて、子供時代をすごすにはとてもいい所だと思うのだがなあ。それにだよ、タローをどうする。東京のマンション暮らしでは犬は飼えないよ。ましてあんなに大きな犬なんだから」

「わたくしも誰かタローを引きとってくれる人がいないものかと、このところ、あらゆる人づてを頼って捜したのですが、だめでしたわ」

なにか不安で寝つけないまま、ジュンちゃんは壁ごしの両親の会話にきき耳をたてていた。

「そうだろうなあ。なんとしても大きいからなあ、それに雑種だし。それではいったい、どうしたらいいんだね」

「わたくし鬼になりますわ。ジュンちゃんとあなたのために、鬼になる決心をいたしましたのよ」

いつもとはまったくちがう、思い詰めたようなギラギラした眼差しの、お母さんの様子にお父さんはすっかりとまどってしまった。

「おいおい、きみはいったいなにをしようというのだね」

「わたくしタローを保健所に預けますの。預けて、処分していただくことにしますわ」

「処分するということは、殺してしまうということかい。それば賛成できないなあ。ジュンちゃんがあんなに可愛がっているのだし、犬とはいっても、飼っている以上は家族の一員じゃないか」

ものの言い方は穏やかだったけれど、お父さんにしてはめずらしくけわしい眼差しで、お母さんをにらんだ。

ジュンちゃんは、思わず起きあがると、そっと張りつくように壁に近よった。そして胸がまるで太鼓みたいにドキ、ドキ、ドン、ドンと鳴り響くのをがまんして、二人の話に耳を澄ました。「タローを処分する。タローを殺す」という言葉を聞いたとたん、ジュンちゃんの頭の中は真白になり、のどはカラカラに渇いて、まるで天井がグルグルまわりはじめたような気持で、ただぼう然としていたのだった。

お父さんのいつにないきびしい表情に対して、挑戦するかのような口調で、お母さんは言った。

「わたくし、あなたとジュンちゃんのために決心いたしましたのよ。二人とも早くこんな田舎を出て、大きく大きく生きてほしいし、それができる人たちだと思っておりますのよ。それに、わたくしここでは、ずいぶん苦労しましたわ。でも、あなたのお母様のためと思えばこそ、がまんもしてきました。でも、もうこんな田舎暮らしはいや。たかが犬のことじゃありませんか、どうしてわかって下さらないの」

お母さんの感情のたかぶりと共に、この土地に引っ越して以来続いた苦労の数々、病気のおばあちゃんのお世話に加えて、時代おくれで、がんこで、わからずやの親戚たちとのいさかいと、そこから生じた口惜しい思い出が、いち時によみがえってきた。思わずお母さんはワッと泣き出してしまった。

「まあまあ、そんなに感情的にならないでよ。おばあさんが亡って以来、このところいろんなことがあったからなあ。無理もないよ、すっかり疲れてしまったんだよ。お母さん、この話はもうよそう。夜も遅いし今夜はもう寝よう。明日またゆっくり相談しようじゃないか」

「取り乱してしまってごめんなさい。あなた、確かにわたし疲れて、神経がまいっているのだわ」

　壁ごしに、お母さんの泣きじゃくる声が、ひとしきり聞こえた。ジュンちゃんは布団の上にきちんと坐って、胸が張り裂けるほどドキドキして、天井がグルグルまわるのが、おさまるのを待った。そのあいだ中、ジュンちゃんの頭の中では――お母さんのバカバカバカ、タローを殺そうなんてとんでもないや。いったいなにを考えているんだろう。どうしよう。どうしよう。どうしたらいいんだろう――という思いが、きりもなく、まるでエンドレステープみたいにまわり続けていたのだった。

　両親が眠りに就いて、あたりがすっかり静まりかえった頃、ジュンちゃんは決心をした――タローを助けなくちゃあ。タローを逃してやらなくちゃあ。よし、ぼくは家出をするぞ、タローと一緒に逃げるんだ――


　こおりついた満天の空一面に、星がまたたいていた。家を出るとジュンちゃんとタローは思いっきり走った。こわいオバケに追いかけられているような気持で、夢中で走ったのだった。それから息を整えながらゆっくり走り続け、やがて足が棒のようにだるくて、重たくなってからは、歩いたり走ったりしながら町を離れた。気がつくと、いつもは遥かに遠くそびえて見える青城山のふもとの林道に、ジュンちゃんたちはいた。そこは、三年くらい前にまだ子犬だったタローを連れて、家族みんなでピクニックに来た辺りだった。

「ああくたびれた。こんなに走ったのは、生まれて初めてだよ。山の中って、まだこんなに雪が残っているんだなあ。おかげて結構明るいや。そうだ、タローにはもう、引き網なんかいらないんだ」

ジュンちゃんはかがみこんでタローの胸をさすってやり、そして首輪のフックをはずして引き網を投げ捨てた。満月が明るく夜の森を照らしていた。タローの深い毛におおわれた厚い胸に、腕をまわしてじっとしているうちに、シンシンと寒さがつのってきた。気がつくと、チラチラと雪が舞いはじめた。

「あッ、雪が降ってきた。夜の雪ってきれいだなあ。お月様があんなに輝いて、そして雪がキラキラ光りながら散っている。まるで、おとぎの国の魔法の森みたいだ。でもタローといっしょだから、ちっともこわくないや。タローちゃん。ネッ、ぼくたちすごい冒険ごっこをしているみたいだね」

彼は力をこめて、しっかりとタローを抱きしめた。走り疲れて、少しばかりほっとして休んでいるうちに、ジュンちゃんは急におなかがペコペコにすいていて、そのうえのどがカラカラに渇いているのに気がついた。近くで水の流れる音が聞こえた。

「なんだかおなかすいたなあ、それにのども渇いたよ。おや、水の音がするぞ。そうか近くに沢があるんだ。タローちゃん、おまえもお水飲みたいだろう。行ってみよう」

薄明りの中、せせらぎをたよりに、彼らは林道をはずれて急な斜面に向った。枯れ草に、うっすらと雪の積った斜面の遥か下に、黒く小川が流れていた。その水は、月光の下で銀のレースを織りこんだかのようにきらめいていた。ジュンちゃんは、夢の中にでもいるような気持で、雪の斜面に不用意な一歩を踏み出した。

「あッ」という声をだすほどの時間もなかった。足を滑らせたとたん、切り株のようなものに激しく打ち付けられて、ジュンちゃんはそのまま気絶してしまったのだった。


斜面のかん木の茂みに支えられるようにして、グッタリしているジュンちゃんのまわりをめぐりながら、タローは耳元で吠えたり、ペロペロなめまわしたりして、必死に気づかっていた。雪は激しく降りつのり、月は雪にかすんで、やがて雲間に隠れようとしていた。辺りは、うっすらとほのかな光に包まれた神秘の世界に変ぼうしつつあった。

「ジュンちゃん、ジュンちゃん、しっかりして、起きてよ、起きてよ、ほらぼくだよ、タローだよ」

「ウーン、ああ痛かった。ぼく死ぬかと思ったよ」

「やっと気がついたんだね。よかった、よかった。本当に心配したんだよ」

「タローちゃん、きみ言葉を話しているね。ワーイ、ワーイすごいや。でもどうしてなの、いつから話せるようになったの」

「ぼくが人間の言葉を話しているのじゃあなくて、ジュンちゃんが犬の話がわかるようになったんだと思うよ」

「えッ、そうなの。でもどうしてだろう」

「自分の腕とか足なんかをごらんなさい。そうすればそのわけがわかるはずだよ」

ジュンちゃんは、言われるままに自分の手と足をながめた。どちらも、真白なフサフサした絹のような毛でおおわれていた。確かにそれは、自分の手と足なのだけれど、見なれない奇妙なかっこうをしていた。

「へんだなあ、どうしちゃったんだろう。ぼくの手足って、なんだか犬のみたいだなあ」

「ジュンちゃんはね、きっとぼくと同じ犬に生まれ変ってしまったんだと思うよ」

「ぼく、さっき死んじゃったの。それで白いむく犬になってここにいるの。ねえタローちゃん、そうなの」

「いいえ、そうではないと思うな。だってここには、犬になったジュンちゃんしかいないのだからね」

「さっきまでとても寒かったのに、今はちっとも寒くないや。それになんだか体が軽くて走りまわりたい気持ちがするよ。それに、とてもいろんな臭いがする。タローちゃんは、なんだかすごくたのもしそうな、やさしそうなすてきな臭いがするよ。それに雪にも臭いがあるなんて、ぼくちっとも知らなかったよ」

高く首をかかげ、胸をそらせるようにしてタローは、熱心に風の臭いをかいでいた。

「ジュンちゃん、その他にもかぎわけなければならないとても大事な臭いがするのが、わかるだろうか」

タローのまねをして、ジュンちゃんも風からのたよりを、かぎわけようと努めた。

「煙草の臭いがする。人間の男の人の臭いとまざりあっているね。それもたくさんの人の臭いだ」

「うん、そのとおりだよ。きっとぼくたちを捜しに来たのか、捕えに来たかしている人たちの臭いだよ」

JUN

「あッ、そうなんだ。じゃあタローちゃん早く逃げて、つかまったら保健所に連れていかれて殺されちゃうよ。急いで、さあ早くして」

「ジュンちゃん、きみもぼくといっしょに逃げるんだよ。だってジュンちゃんも、ぼくと同じ犬になっちゃったのだからね」

ブルンと背中に積った雪を払い落すと、二頭は雪の山路を走りはじめた。林道を一気に走り抜け、尾根を走破し、それからトロットという歩様のトコトコ走りで、青城連山の最高峰である雲海岳をめざした。

フーッと大きく息を吐いて、長い舌をヒラヒラさせながらタローが言った。

「もう大丈夫、この辺りでひと休みしようね」

せわしなく、こまかく白い息を吐きながら、ジュンちゃんが楽しそうに答えた。

「ああ気持ちよかった。走るのって、こんなに気持のいいことだなんて、ぼく知らなかったよ。まるで風になったみたい。まだまだ、いくらでも走れそうだよ」

雪はすっかり降りやんでいた。青く明るい月光が、うっすらと雪化粧した荒野原を、まるで手入れのゆき届いた広大な庭園と見まちがえるばかりに、美しく照しだしていた。タローは乾いた枯草の上に腹をつけて、くつろいだ姿勢で休んでいた。かん木の茂みに綿冒子のように降り積った雪のかたまりに、ジュンちゃんは楽しそうに跳びつく。そうすると、白い粉雪がパッと飛び散るのだった。飽きもしないで彼は何度も何度も跳びあがり、ころげまわって遊んでいた。

「ジュンちゃん、そんなにはしゃいではいけないよ。くたびれてしまうし、それにおなかもすいてしまうよ。だけどここには、食べ物がないんだからね」

タローにたしなめられて、きまり悪そうに彼は答えた。

「うん、そうだったね。これから気をつけるよ。でもタローちゃんは、かしこいんだなあ、なんでも知っているんだね」

両眼に緑色の輝きをたたえ、肩の毛をゾクッと逆立てて、タローはゆっくりと立ちあがった。たくましい四本の足をしっかりとふんばり、オオカミのようなフサフサした長い尾を弓なりにそらし、まるでライオンの彫像のように、彼は胸を張って高く頭を掲げた。

「ジュンちゃんここへおいで。ここへ来て、ぼくの胸の下に入ってうずくまりなさい。決して動いてはいけない。吠えても、うなってもいけない。どんなにこわくても、静かに、石のように静かにしているんだよ。いいね」

「ねえ、どうしたの。なにが起ったの」

「さあ急いで、黙っていわれたとおりにしなさい」

青い月光の中に、三頭の野犬がぼんやりと姿をあらわした。どの犬も、みな一様にやせこけていた。彼らはダラリと舌を出したまま、上目使いにあたりを見まわしながら近づいてきた。鋭くて忌まわしい、危険な臭いがツンと鼻をついた。それは血に飢えた殺し屋たちの臭いだった。

「おい真黒けのデッカイの、おまえ他人の縄張りに無断で入ってきて、ただですむとは思っちゃあいないだろうな」

その犬は、ドーベルマンに特有の、精悍で残忍な闘争心をむき出しにして言った。彼は見るからに不敵で、横柄で凶悪そうであった。白地にチョコレート色のブチ模様をしたポインターが、ダラリとたらした舌から、よだれをいっぱいしたたらせながら、ジュンちゃんをからかったり挑発したりしはじめた。

「黒デカの腹の下でブルブルふるえている白チビちゃんよ、そこから出てきなよ。犬族のあいさつてェものを、教えてやるからよ」

「ヘッヘッヘッ。そいでもって、ちゃんとした仁義のできない作法知らずのお坊ちゃまはヨウ、たちまち八つ裂きにされて、おれたちの胃袋におさまるってえ寸法さ。ヘッヘッヘッ」

どこから見ても、ヨレヨレのボロ雑巾に目鼻をつけただけといったみすぼらしいチビが、腹をグウグウ鳴らし、顎をガクガクいわせながらはやしたてた。タローと真正面から向きあって、ドーベルマンが低くうなりながら言った。

「黒デカと白チビ、なんとか言いな。それともおまえら、口がきけないとでも言うのかい」

静かに、しかし軽蔑しきった口調でタローが答える。

「うす汚い山賊どもめ、さっさとうせろ。おれたちにかまうんじゃない」

「山賊とは、ごあいさつだな。それじゃあ、おまえらはなんだ。どうせ人間に追いかけられて逃げこんで来た、くたばりぞこないだろうが」

ドーベルマンのうなり声は、ますます低くなり、唇のはしに真白な長い牙がきらめいた。

「さっさとその白チビをよこしな。おれたちは三日前に、うさぎを一羽捕えて食ったきりなにも食っていないんだ。そのチビなら、おれたちの晩めしに、ちょうどよさそうだぜ」

飢えがポインターの自制心を、失わせつつあった。彼はよだれを流しながら、いやらしいへんにかん高い声でうなり続けた。

「黙れ。白チビなんぞと言うな。彼は本当は人間なんだ。このおれの親友で、同時にご主様でもある小学生なんだぞ」

「ヘッヘッヘッ。白チビが人間の小学生だってよ。ヘッヘッヘッ。こいつ頭がイカレちまっているぜ」

タローから遠く離て、チビのボロ雑巾がヘラヘラと、いかにも挑発的にはやしたてた。ドーベルマンの眼が、ギラギラと異様に光りはじめた。

「おかしなことを、ぬかしやがるぜ。だが人間だというなら上等だ。遠慮はいらねえ、さっそくバラバラに引き裂いて、食わせてもらおうか。さあ、どけッ。それともおれたち三頭を相手にケンカしようってかい」

腹の底からしぼり出すようなうなり声が、次第に大きくなった。全身の毛を逆立て、鼻に深いしわを刻みながら、ドーベルマンは牙をむき出した。ドーベルマンは全身の筋肉をバネのように引きしめて、突撃の瞬間をねらった。わずかに牙をのぞかせただけで、タローは銅像のように静かに立っていた。

ドーベルマンがタローののどぶえめがけて跳びかかるのと、タローの巨大なあごがドーベルマンの顔をガキッとくわえるのと、まったく同時だった。ドーベルマンは、全身をふるわせながら、身動きできずにただ全力で立ち続けていた。やがて、ヒューン、ヒューンという哀れっぽい鼻声がドーベルマンの口からもれた。タローは彼をはなしてやり、フーッと大きく息をついた。

ドーベルマンは、降参と以後の服従のあかしに、地面に張りつくように平状した。タローは、ドーベルマンの臭いをかぎまわり、それからポインターとボロ雑巾たちに顔を向けた。タローが近づくと、ポインターは尾を股の中に巻きこんで、ブルブルふるえながら坐りこんだ。ボロ雑巾は、まるで小犬がするように、あお向けに腹を見せて寝ころんで、そしてしきりに哀れそのものの鼻声で泣き続けた。

「タローちゃんて強いんだなあ。みんな伏せしたままふるえているよ。でも、これからどうするの」

「犬社会のおきてでね、今からぼくが、この群れのボスになるのさ。ジュンちゃんは、元々が人間なんだから、この群れのオブザーバーにしてあげよう」

「フーン。オブザーバーかあ。ぼくえらくなったみたいな気持がするよ」

彼は犬らしく、三頭ののら犬の臭いを、興味しんしんでかいでまわった。

「みんな、さっきみたいなゾッとするような、おっかない臭いがしなくなったよ。ぼくたち、もしかしたら友だちになれるのだろうか。そうならいいのにな」

すっかり落ちついて、穏やかになったドーベルマンが答える。

「白チビ君が人間だと言うつもりなら……ウム、それでもいいさ。そして最近、犬になったと言うことならばだね……ウム、それなら友達になってもいいよ。それにしてもどうしてこんな所にやって来たのだね」

「ぼく本当はジュンて言うの。お父さんが転勤することになってね、それでぼくとお母さんも、いっしょに東京へ行くことになったのだけどタローは連れていけないし、かわりに飼ってくれる人も見つからなかったので、保健所に連れて行くって、お母さんが言ったの、だからぼくとタローは家出をして逃げてきたんだよ。でも悲しいな。いつもはとてもやさしいお母さんなのに、どうしてあんなことを言い出したんだろう。ぼくわからないや」

ジュンちゃんが、話をしながら息苦しそうにあえぎはじめたので、タローはジュンちゃんの気持が落ちつくまで、静かに顔をなめ続けてやった。

「フン、人間なんてそんなものさ。おれだって本当は、カイザー・フォン・ステンマルクという由緒ある名前があるんだ。言ってみれば、犬族の中の貴族だね。チャンピオンの血統なんだぜ」

まばゆいばかりの月光の中で、彼はどこか遠くを見るような眼差しで、身の上話をはじめた。

「おれも子犬の頃は、ご主人やそこの家の坊ちゃんと、楽しくすごしたものさ。その子が投げるボールを、おれがひろってくるとみんな大喜びでね。何度も何度もボール投げをしては、遊んだものさ。それがね、あれはおれがすっかり親人になって、しばらくたってからのことだったよ」

本当にひさしぶりに、ご主人がカイザーを連れて遠出をした。自動車に乗って、大好きなご主人と二人きりで遊びに行けるなんて、と思ったカイザーは、うれしさのあまり、言いつけられたように、じっと静かにしていることなどできなかった。彼は運転席のご主人に頭をこすりつけたり、顔をなめようとしたりして、はしゃいでいたのだが、なぜかご主人はいつものように、笑いながらたしなめようともせずに、押し黙ったまま彼を払いのけるのだった。

ずいぶんと長距離のドライブの後に、彼らは見知らぬ河原にいた。そこは、砂利と砂と枯草しかない、広々とした荒地だった。冷たい北風が激しく吹きすさび、そこにはカイザーたちの他には、人影ひとつなかった。河の流れは広く深く、浅瀬では大きな岩に突き当った水流が、真白な波頭となって激しくざわめいていた。

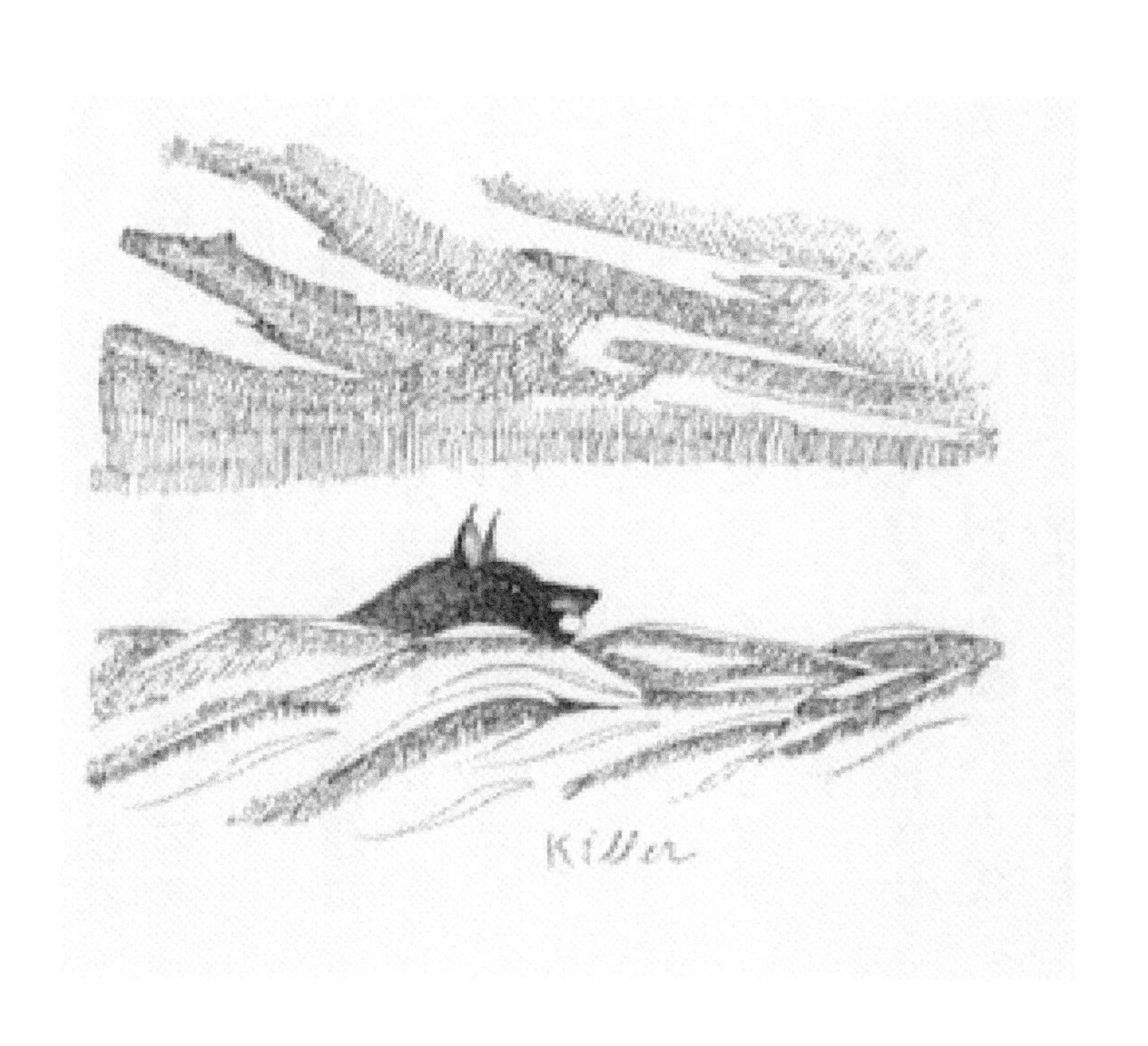
Killer

ドアが開くと、カイザーは喜びに身をふるわせながら、いそいそと河原に飛び降りた。引き綱なしに遊べるなんて、と彼は有頂天だった。さッと、ひとしきり辺りをかけまわって戻ってくると、ご主人は、いつもの愛用のボールを手にしてカイザーに命令した。

「そらッ取ってこい」

ボールは低い弾道を描いて飛んで行き、水ぎわの玉石に当って大きくはずむと河の中へ落下して、そのまま流されていった。

カイザーはまっすぐにボールを追い、一瞬のためらいもなく河の流れへと跳躍した。河は深く、流れは速く、しかも渦巻いていた。何度か彼は、水底へ引きこまれそうになった。しかし、生まれつき大胆で冷静沈着な性格の彼は、水の流れに乗ったまま、決して泳ぎのペースを崩さなかった。およそ三百メートル以上も流されながら、とうとう彼はボールを捕えた。

「やった、と思ったね。そして意気揚揚として引き返してみると、そこにはご主人も自動車もなにもなかったんだ。おれは人間に裏切られたってことが、その時にはまだわからなかったので、必死になってご主人を捜したもんさ」

「ひどいご主人だなあ。その時はずいぶん悲しかったでしょうね」

「なあにジュン君、おれの本当の苦労は、それからだったのさ。とにかく風の臭いとささやきを頼りに、家の方向をめざしたんだ。残飯をあさりながら歩き続けたんだが、ごみ袋をひっくり返していると、ギャアギャア騒ぎたてる連中がかならずいてね、空缶だの石ころだのをぶつけられるし、見知らぬ土地を通りすぎようとすると、大抵はそこの縄張りのボスがおそってくるんだ。一度なんか三頭を相手に大ゲンカをしてね、そいつらを一頭残らず噛み伏せてやったこともあったよ」

「タローボスは別格だけど、キラー親分のケンカっぷりは、まったくたいしたもんでござんすよ。どうして、あんなに素早く動きまわることができるんでござんしょうねえ。ヘッヘッヘッ」

ボロ雑巾が、いつものようにお追従をこきまくる。

「なあに、それはおれがドーベルマンだからだよ。それでな坊や、ボロボロのズタズタになって、やっとの思いで家に帰ってみると、そこに住んでいたのは、まったく見知らぬ人たちだったんだ。おれはすっかり途方に暮れてしまってさ、おれが以前に住んでいた犬小屋の辺りとか、毛をすいてもらった芝生の上なんかを、うろついていたんだ。そうしたらその家の人たちが、へんな野良犬が庭に入って来た。とてもこわい。狂犬病にちがいないって保健所に連絡したんだ」

男たちは皮の手袋をして、一人はワイヤーを、もう一人は麻酔薬を仕込んだ吹き矢を手にして、静かに落ちついてやって来た。無数の犬たちの恐怖と悲痛の臭いが、この二人にはしみ込んでいた。

ただの野犬が相手なら、男たちのとった行動は正しいものだったろう。退路を断って、おびえている相手が逃げまわりそうならば、吹き矢で眠らせるし、すくんでふるえているのなら、ワイヤーをかければそれで済むことだ。しかしカイザーは例外だった。放浪の中で、復活した内なる太古の野性が叫んだ。「殺せこいつらを引き裂いてしまえ」

カイザーは肩の毛をゾクッと逆立てただけで、うなり声ひとつたてずに、襲撃のタイミングを計った。ワイヤーを持った男が、無造作に近づいたとたん、彼は一歩後方に控えていた、吹き矢の男めがけて飛びかかった。やせこけてはいても、五十キロ近いドーベルマンの体当りに、男はあお向けに叩きつけられて絶叫した。猛獣のうなり声をあげながら、カイザーは男の顔を襲った。男はのたうちまわり、うつ伏せになって身を守ろうとした。突然の事件にあわてふためいて、ワイヤーの男は不用意に、カイザーを捕まえようとした。瞬間、身をひるがえして彼はその男の、のど笛をおそった。男は、かろうじて両手でのどを守ったが、そのままひっくりかえり、野性にかえった猛獣の、嵐のような襲撃に悲鳴をあげ続けた。

「おれはそいつの手を、手袋ごとズタズタに引き裂いてやったんだ。そして連中が呆然としている間に、一目散に逃げだして、まんまと逃げおおしてしまったというわけさ。おれはその時以来、キラーと呼ばれているのさ」

ポインターは、ゾクリと毛を逆だてて、キラーの話をきいていたが、フーッと大きくひと息すると、彼もまた身の上話をはじめた。

「置き去りにされたのは、おれも同じさ。もっとも、おれはそれまでにも何人か、ご主人がかわっているんだ。なあに、おれたちポインターにとっては、そう言うのって、そんなに珍らしいことでもなくてさ。とにかく猟に行って鳥を追うのが、おれたちの仕事でね。鉄砲を持って、おれたちを猟に連れてってくれる人なら、誰でもみんなご主人なんだ。でもさあ、この最後の主人というか、ハンターは猟のシーズンの最後の日に、おれを捨てて帰っちゃったんだぜ。本当にあきれたね。猟犬を使い捨てにするなんて、外道もいいところだぜ。フンッ」

「お気の毒に、その時は悲しかったでしょうね」

「なあに坊や、そうでもなかったさ。ただ出猟する日には、なにも食わずに行くんだよ。その方が鳥の臭いに、敏感になれるものでね、だからさ、一日中ハンティングをしたあとだろう。腹がへって、腹がへってさあ。それでとにかく山を下って、ふもとの方へ降りていったんだ」

すでに日は暮れていて、辺りは真暗だった。農家が一軒だけポツンと建っていた。うまそうな丸々と太ったにわとりの臭いが、辺り一面に漂っていた。ポインターは静かに、にわとり小屋に近づいた。にわとりたちは、安心しきって眠っていた。彼が金網を食い破って、にわとり小屋に侵入した時でさえ、にわとりたちはまだほとんど騒がなかった。そのことが、逆にポインターのむしゃくしゃした気持を刺激した。

「おれだってさあ、にわとりを殺しっちゃあまずいってことくらい知ってるよ。だから、誰にもわからないように、一羽だけこっそりくわえて逃げていればいいのにさ。なんだってあんなに派手なことを、やっちまったのかなあ」

彼にくわえられてはじめて、そのにわとりは悲鳴をあげ、羽をバタつかせて騒いだ。すると他の仲間たちも、いっせいに騒ぎはじめた。大好きな鳥の臭いが充満し、口の中いっぱいに暖かい血の味が広がって、ポインターは完全に我を忘れてしまった。狂ったように逃げまわるにわとりを、かたっぱしから噛み殺し、引き裂いて、彼は悪魔さながらにあばれまくった。

「そしたらさあ、家の連中が目をさまして、大騒ぎになっちゃったんだよ。おれは一目散に逃げだしたんだけど、やつらは猟銃を抱えて、おれを追いかけて来たんだ」

夜の闇に一瞬せん光が走り、バンバンと銃声が鳴り響いた。

Gang

「腹立ちまぎれにデタラメに打ちまくっているだけだから、当りっこないけどさ、それにしても猟犬のこのおれがだよ、ハンターに狩り立てられるなんてさあ、笑っちゃったね。ホントにさ。その時以来、おれはギャングって呼ばれているんだ」

タローは寝そべったままギャングの話を聞いていたが、むっくり起きあがると、フーッとため息をつき、それから首の辺りを後足でかいた。

ジュンちゃんは、二匹の身の上話に感動したり同情したりして、それから遠慮がちにたずねた。

「みなさん本当に大変だったんだね。きみはどうしてここにいるの」

「ジュンちゃんお坊ちゃん、あっしですか。あっしには、みなさんのような、はなばなしい活劇はなんにもねえんでげすよ。ごらんのとおり、貧相でちっぽけで、まるでボロ雑巾に手足をくっつけたみたいな、なにがまざっているのかも見当のつかない、雑種でげしょう。あっしはヌイというんでげすが、これはイヌをひっくりかえしただけの名前でござんしてね。こんな名前を付けるくらいだから、ご主人だった人も、まったくいいかげんなお方でござんしたねえ。そこの家の奥さんが、子供がいなくて淋しいからって、わっちをもらってくれたんでやんす。子犬のうちは、ベタベタ可愛がってくれたんでやんすが、親人になるにつれましてね、〈こんな不器量な子はいらない。みっともなくて、つれて歩けない〉って言うんでげすよ。〈同じ飼うならプードルとかチワワとかミニチュワダックスみたいな、可愛ゆーい子でなくちゃあ〉とか言うようになりましてね。そんなわけで、わっちはダンボールの箱に入れられて、その上からビニールひもでグルグル巻きにされましてね、この山道に捨てられたんでさあ。その箱から、なんとかして出ようとして、もがいていたところを、ここの親分衆に助けられましてね、群れに加えてもらった次第でござんすよ」

「それもひどい話だなあ。みんな、なんて人たちだろう。だけど、ぼくのお母さんもその人たちと同じなんだ。お母さんのバカバカバカ。ねえタローちゃん、ぼくとっても悲しいのに、涙も出ないし、どうやって泣いたらいいのかもわからないや。ねえ、苦しくて仕方ないんだけれど、どうすればいいの」

「そういう時には、ぼくたちはね、太古の昔から歌い継がれてきた狼の詩を歌うのさ。ほらいいかい、こんな風にするんだよ」

きちんと坐り直すと、月に向って語りかけるように天をあおいで、タローは歌いはじめた。

「ワオォォオーン。ワオーン。ワォォオーン」

青い月光のふりそそぐ中、キラー、ギャング、ヌイ、そしてジュンちゃんは、次々に歌いはじめた。遥か昔、氷河に鎖された飢えの季節に、生きることの悲しみを詩い、そしてまた、白く冷く美しい故郷を賛えて歌い続けてきた狼の詩を、その夜彼らは歌ったのだった。

気がつくと、雲海岳の稜線は金色に縁どられ、まばゆい朝がやってきた。

「なんだかせいせいして、ぼくとてもさっぱりした気持になったよ。でもそうしたら、今度はおなかがすいてきたなあ」

「まったくだ。なにか食うものはないかなあ」

犬たちは、思わず口をそろえて、あいずちを打った。

「オイッ。鹿かもしれないぞ」

五十メートルくらい離れて、なにかそれらしい動物が枯れた草むらの中を歩いていた。キラーはさかんに臭いを確かめようとしたけれどその動物は、彼らの風下にいた。

「ギャングとヌイは遠まわりして、あいつの風下にまわれ。おれたちの方に追い出すんだおれは右手に、ボスは反対側で待ち伏せして下さい。ジュンちゃんは、ここでおとなしくしているんだよ。久しぶりに腹いっぱい食えそうだぜ」

彼らは静かに、囲みを縮めていった。態勢を低くして、にじり寄るようにして獲物をねらっていたギャングが、突然トコトコ走りで、その動物に近づいた。彼はいかにも親しそうに尾を振りながら、熱心に相手の臭いをかぎまわった。

「へんだなあ、きみは雌犬だよね。でもほとんど犬の臭いがしないんだね」

それはコリーのようでもあり、ボルゾイにも似ている、シルバーゴールドの見たこともない毛色をした、とても美しい雌犬だった。キラー、タロー、ヌイが次次に犬のあいさつをかわしたのだが、そのあとで誰もが、不思議なくらい穏やかな気持になって、その犬のまわりで尾を振り続けているのだった。

ジュンちゃんが近づくと、その犬は母犬が小犬にしてやるように、やさしく彼の顔をなめた。ジュンちゃんは、なぜかとてもなつかしい気持になって、ちぎれる程に尾を振り、思わずヒュイーンと鳴き声をあげてしまったのだった。

「わたしはマアムと言うのよ。さあみんな、わたしのあとについていらっしゃい。とてもすばらしい所へ案内してあげるわ」

「おれたち腹がペコペコでね。そこには腹いっぱい食える程の食べ物があるだろうか。それならば、そこは本当にすばらしい所だと思うよ」

「それに鉄砲で、おれたちをねらい撃ちにしようとするハンターなんかも、いないんだろうね。

それなら最高さ」

「ねえタローちゃん、どうしたの。なにをそんなに不思議そうな顔をしているの。マアムといっしょに行ってみようよ。ねえいいでしょう」

「彼女には、どこかで会ったことがあるような気がするのだが、思い出せないのさ。でもへんだなあ。そんなはずはないのだからね。まあいいか、行ってみようか」

「わっちはみなさんの行く所なら、どこへでもお供いたしますぜ」

マアムは、フサフサした銀色の尾を高く立てると、風のように走りはじめた。彼らは一列に並んで、そのあとに続いた。マアムはどんどんスピードをあげ、誰もが思いきり全力疾走を続けた。不思議なことに、いくら走っても息がきれることもなければ、疲れることもなかった。あまりの速さに、彼らは走っていると言うよりは、まるで空を飛んでいるように思われた。そして周囲の景色は、虹の帯となり川となって流れた。

突然、目の前にまるで大空を切り取って作ったような、真っ青な巨大な壁が立ちはだかった。マアムは壁めがけて走り込み、そのまますいこまれていった。あまりの速さで走っていたために、誰にもためらう時間などなかった。彼らは次々に走り込み、真っ青な壁の中にすいこまれていった。

「ようこそみなさん、ここは雲海岳に住まう神々の国なのよ。さあ、くつろいでくださいな。そしてなんでも遠慮なく、好きなようにしていいのよ。ここに住まう者たちは、誰も彼も一人残らず、みなさんを歓迎していますからね」

辺りは見渡す限りどこまでも、柔らかな牧草でおおわれていた。そして、そよぐ風からは甘い花の香りが漂ってきた。そこは、切り立つ断崖の上にしつらえられた、別世界だった。断崖から見おろすと、眼下には雲が浮びその遥か下方に、海と見まちがえるほどの大河がゆうゆうと流れていた。

「あッ。タローちゃん見て。あれはなあに。まさかくじらだなんてことは……」

「おいッ、あいつはなんだ。……いったいどうしたんだ」

キラーが毛を逆立てて、うなった。

大河を巨大なくじらの群れがそ上していた。その群れめがけて、虹色に光り輝く竜が、まっ青な大空から天下って、今まさにおそいかかろうとしているところだった。竜はまるで蛇のように、巨大なくじらにからみつき、くじらは尾で水面をたたきつけ、激しく潮を吹きあげた。その光景はまさに、神話の世界での神々の闘い、そのもののように思われた。だがしばらくすると、竜はくじらから離れて、再び天に昇っていった。くじらは、なにごともなかったかのように、しかしその後しばらくの間は、虹色のしおを吹きあげながら大河をそ上していった。犬たちはぼう然として立ちつくし、やっと我にかえると、誰もみな一様にため息をついた。

「彼らは、お互いにエネルギーの交換をしたのよ。ここではすべての生き物が〝気〟を交換することによって存在しているのです。だから生きるために、食事をする必要がないの。つまり、食べるために誰かの命をうばう必要がないということなのです。神々の世界というのは、そういうところなのよ」

いかにも楽しそうに、マアムは歌うような調子で話した。

「フーン。でも、おれはやっぱり、ひもじいような気持がする。なんでもやっていい、と言ったね。それなら、あそこで遊んでいるウサ公を、食べちゃってもいいだろうか」

ギャングはすでに、ウサギにねらいを定めていた。

「ええ試してごらんなさい」

マアムが答えると同時に、ギャングはウサギに跳びかかり、アッという間にウサギは彼にくわえられてしまった。だが、すぐにギャングはウサギをはなし、それから小犬にしてやるようにウサギをなめた。ウサギはピョンとひと跳ねして、彼をさそうように振り返った。ギャングはウサギを追い、ウサギはすばやく跳ねまわった。

「二人とも、楽しそうに遊んでいるみたいだね。ギャングさんて、案外やさしいんだね」

「ジュンちゃん、よく覚えておきなさい。楽しく〝気〟が交換されている限りはね、エネルギーは不滅なのよ」

そう言い残すと、マアムはフッと姿を消してしまった。

タローは小高い丘に登り、そこで腰をおろした。見おろすとそこには雲の海が広がり、振りあおぐ空は恐ろしい程に青かった。辺りには草花が咲き乱れ、澄みきった小川の流れには、宝石のような色とりどりの小魚が、群れをなして遊んでいた。キラーがやって来て、タローと並んで坐った。

「ボス、おれはずっと昔から、ここに居たような、なにかとてもなつかしい気持がするんだ。でも、なぜなのだろう」

「ウン、実はおれもきみと同じように感じていたんだ。でも、そんなのヘンだし。第一ここは雲海岳の頂上でさえも、ないはずなのだよ」

ウサギを相手のハンティングごっこに遊び疲れたギャングと、小川の小魚にじゃれついてびしょぬれになったジュンちゃんが、二頭のところへやって来た。

「よう。こんな愉快な所にやって来たのに、二人ともなにをそんなに、むずかしい顔をしているんだ」

「そうだよ、タローちゃん遊ぼうよ。小川で遊ぶのって楽しいよ」

ここに来て以来、咲き乱れる花々の中で、一日中眠ってばかりいた、ヌイもやって来た。

「まったく、ここは気持のいいところでやすな。いつでも、ちょうど程良く満腹の気分でいられるなんて、本当に幸せであすよ」

小さなつむじ風に吹かれながら、白いマントをはためかせて、長くて白いひげをした老人がやって来た。

「みんな、よく来てくれたね。永い聞きみたちの来るのを待っていたのだよ」

「おじいさん、あなたは誰なの。なぜぼくたちのことを知っているの。どうして待っていたの。いつからなの」

「よしよし、みんなわしのまわりにおいで、そしてこれから話すことを、よおくきいておくれ」

犬たちは、耳をピンと立て、静かにしっぽをゆらしながら、老人の話しはじめるのを待った。

「ここはきみたちにとっては、生まれて初めてやって来た場所だけれど、それなのに、ずっと昔から住んでいたような、とてもなつかしい気持がしておるだろうね。それは、なぜかと言うとじゃな、大昔には地上のすべての場所が、ここと同じ神々の楽園だったからなのだ。だから、あらゆる生き物は、その血の中にその頃の記憶を残しているのだよ。そんなわけでな、誰もがここをなつかしく思うのじゃよ」

「ねえ、おじいさん、大昔っていつ頃のことなの。それにどうして楽園がなくなっちゃったの」

「うむ。おチビちゃんは、小学生だったのだから、みんなの中ではわしの話が、いちばん良くわかるかもしれないね。すべては大魔王のせいなんじゃ。大魔王がこの世界に出現したのはじゃな……」

……およそ今を去る五千年昔に、魔王は、生き物といえば毒蛇とサソリしか住むことのない、しゃく熱の砂漠に生まれた。彼は緑豊かな森林や、清らかな水の流れや、幸せに笑いさざめく者たちを激しく憎んだ。阿鼻叫喚の戦場、燃えさかる町、廃墟そして死の砂漠こそが、彼の住み家であり、悦楽の場所であった。魔王は、自らこそが唯一無二の神であり、他の神々は悪魔である、と言いふらした。彼は人々をたぶらかし、そそのかしては戦いに駆りたてた。そして自らもまた、暗黒世界の黒竜と化して、神々の楽園に攻めこんでは、これを葬り去ってきたのだった。

「その魔王が、もうすぐここへ攻めてくるのだよ。この雲海岳の楽園は、神々だけのものではなくて、あらゆる生き物のためにあるのじゃよ。だから、きみたちに魔王の手から、ここを守ってもらいたいのじゃ。きみたちならば、きっとできる。そうできるにちがいないのじゃ」

タローが慎重に、考え深そうに発言する。

「大魔王とか、暗黒世界の竜とか、そんな途方もない者と戦う力なんて、おれたちにはありません。なぜ神様たちがご自分で戦って、大魔王を追い払ってしまわないんですか」

「さっき虹色の竜を、また見ましたぜ。ずいぶんと強そうでござんしたよ。チビでボロ雑巾みたいなわっちが、竜と喧嘩するなんて、ヘッヘッヘッ、お笑いですぜ」

「神々は決して戦わないのじゃ。もともと戦うということを知らないのだよ。それに神々にとってはな、この楽園を失ったからといって、それがどうということもないのじゃ。なぜかと言うと、在るということは、無いということであってだね、存在と非存在とは同じことであり、一瞬の中に永遠があり、そして永遠などというものは、もともと存在しないからなのじゃ。よいな、わかったかな。じゃがな、この楽園はきみたちにとっては大切な所なのだ。ここを守って、そしてみんな仲よく幸せに暮しておくれ。ジュンちゃんしっかりやるのじゃよ。さてと、どうやらわし自身の終りの時がきたようじゃ」

老人の姿は、だんだんと霧にかすむように薄くぼんやりして、やがてそよ風と共に消え去ってしまった。

「タローちゃん、いまの神様はね、ぼくのお父さんだったみたいな気がするよ」

タローは、黙ってジュンちゃんの顔をなめてやった。

「戦えって言ったって、いったいどうすればいいんだ。あのじいさん、さっぱりわけのわからないことを話していったぜ」

キラーは居心地の悪い時に、いつもやるように、後足でせわしなく首をかきむしった。

「おいッ。見ろ。あれはなんだ」

ゾクッ、と毛を逆立ててギャングが叫んだ。眼下の純白の雲海をつき破って、青黒い不気味な無数のうずを巻くものが、ゴウゴウと流れこんできた。青黒いうずは、泣き叫び悲鳴をあげ、もがき苦しみながら、いつまでも絶叫しつづけた。

「あれは何百万という、犬の悲痛と悲嘆の叫びだ。ガス室で殺される時の最後の、絶叫だ」

キラーが、眼をらんらんと燃えあがらせて、ボツリと言った。

泣き叫ぶ、うずを押しわけるようにして、真っ赤な眼をした巨大な双頭の黒竜が姿を現わした。

深く低く、地をはう雷鳴のような、うなり声をタローが発した。その声はますます大きくなり、大地をビリピリとゆるがした。同時にタロー自身も、まるで入道雲が大きくなってゆくように、むくむくと巨大なものとなっていった。

「自分が戦わなければならない相手に対しては、誰でもそれにふさわしい大きさに、成長することができるのよ」

いつの間にか、マアムがそばにいた。彼女はみんなを励まし、勇気づけた。

「さあ、竜と戦うのに、ふさわしい大きさになりなさい」

彼女は金色に輝く雲に変身して、黒竜の前に立ちはだかった。

「ドラゴンハンティングかあ、こいつは最高の狩猟だぜ」

ギャングは、アッという間に巨大な猛獣に変身し、キラー、ヌイ、そしてジュンちゃんがそれに続いた。

天空高く舞い上った黒竜は、タローたちめがけて、一気に急降下した。金色の雲に変身したマアムが、竜の行手に立ちふさがって、竜の眼を暗ませる。一瞬のすきをついて、タローが、竜の首をガキッとくわえ、キリキリとその牙をくいこませる。もう一方の頭にはキラーとギャングがおそいかかる。竜の長大な翼のつけねには、ヌイとジュンちゃんが、むしゃぶりついて、その骨を噛み砕きにかかる。北欧の神々を滅ぼした伝説の巨大狼さながらに、タローたちは戦った。竜は身をよじり、口からは火炎を吹き出して、のたうちまわった。

タローの牙が、まさに竜の首を引き裂いた瞬間に、竜はその長く鋭い尾を、神々の大地に深々と打ちこんだ。噛み破られ、へし折られた首は、ダラリとたれ下ったが、しかし竜はすっくと立ちあがり、以前にもまして力強く羽ばたいた。ジュンちゃんとヌイは、激しく投げとばされて、大地にたたきつけられた。むしゃぶりつくキラーとギャングをものともせず、竜はタローに激しくほのおを吐きかけた。竜はますます力を増して、キラーとギャングを振り払った。

「竜の尾を噛み切りなさい。竜は大地の血液をすいあげて力にしているのよ」

マアムが必死で叫ぶ。はね起きたジュンちゃんは、竜の尾にしがみつくと、キリキリと牙をくいこませる。竜はジュンちゃんめがけてほのおを吹きかける。ヌイがとび出して、ジュンちゃんの盾となって身がわりに火炎を受ける。彼はたちまち燃えあがって、わずかの間にひとくれの灰になってしまった。

タロー、キラー、ギャングの三頭が、残りの頭めがけて襲いかかるその瞬間、ブクンと鈍い音がして竜の尾が食いちぎられた。同時に、竜の吐きだしたほのおが、竜自身に燃え移って激しく爆発した。三頭の犬たちは、こっぱみじんに吹きとばされた。竜は火のかたまりとなって、ジュンちゃんめがけて崩れ落ちてきた。金色の雲がパリヤーとなってジュンちゃんを守ったが、そのマアムの雲も見る見るうちに燃えあがり、そして神々の大地そのものが砕け散って、暗黒の無の世界へと落下しはじめた。

「ジュンちゃん、ジュンちゃんしっかり」

マアムの叫び声に、半ば意識を失ないながらジュンちゃんは思った。

――マアムはお母さんだったんだ。お母さん、お母さん――


「ジュンちゃん、タロー、お母さんよー」

「どこにいるんだ。返事をしなさい。お父さんだよー」

斜面のくぼみから、ムックリと体を起し、タローは体一面に張りついた雪と氷を、ブルンとひと振りして、払い落とした。サッと道路に駆けあがり、彼は激しく吠えた。

「ワォーン、ウォォォーン、ワォン、ワォン」

「あっタローの声だ。この近くにいるぞ。タロー、タローどこにいる。ジュンちゃん無事か。ジュンちゃーん」

「お母さんよーッ。ジュンちゃーん。ジュンちゃーん」

思わず泣き出してしまったお母さんを、抱きしめながら、お父さんが言った。

「大丈夫、泣くな。きっと無事でいるとも。あるいはと思って、見当をつけてやって来て良かった。タローといっしょにいたんだ。きっと大丈夫だよ」

「あなた、あなた。あの子はセーターしか着ていないのよ。この山の中で、昨夜は雪が降ったのよ。ああどうか無事でいてくれますように」

タローが激しく吠えた。

「タロー、タローここにいたか。ジュンちゃんはどうした。どこにいる」

タローは斜面を駆け下り、まだ眠っていたジュンちゃんの顔をペロペロなめた。

「アハハ。くすぐったいよ。あれッ。ここはどこだろう。ぼくはどうしていたんだろう」

お父さんに手を取られて、お母さんが斜面を下ってきた。

「ジュンちゃん、ジュンちゃん、ジュンちゃん、よかったわ」

彼女は幼い息子を抱きしめて、ひとしきり泣いた。

そうさくに加わってくれた、この辺りの地理にくわしい農家の人たちが、口々にタローをほめそやした。

「これはたいした、たまげたことだ。この子の体には、雪のつぶ、ひとつぶだってついてねえわさ」

「利口な犬だなあ。一晩中自分の腹に抱えて暖めてやっていたんだなあ。見ろや、犬のやつ雪だらけで氷っておるがね」

「毛皮も深いし、この大きさだからなあ。子供の方も凍傷ひとつ作らずに、ぬくぬくと眠っておったんだなあ」

みんなでいっしょに道路に出ると、ジュンちゃんはきまり悪そうに言った。

「お母さんあのね、ぼく白いむく犬になったんだよ。そしてね、キラーとかギャングとかいう犬たちと、友だちになってね。それからさ……でもへんだなあ、夢だったのかしら、そうだそれからタローちゃんには、いろいろ助けてもらったんだよ」

「ええ、ええ、わかっていますよ。わかっていますとも。タローはおまえの命の恩人よ。タローありがとう。本当にありがとう」

「そうだお母さん。タローを保健所になんかやらないよね。そうでしょう。ねッ、ねッ、ねッ」

「もちろんですとも、そんなことするもんですか。ごめんねタロー。本当にごめんなさいね」

のぼりはじめた朝日に、辺り一面は、まばゆいばかりに輝やいていた。お父さんは、お母さんの肩を抱きながら言った。

「もう泣くのはおやめ、さあ、みんないっしょにお家に帰ろう」

おわり

【著者紹介】
雨宮惜秋（あまみや・せきしゅう）
1944年2月、東京都生まれ。

著作一覧
2001年『瑞宝館によせて』（自費出版）
2006年『慟哭のヘル・ファイアー』鶴書院
2007年『囁く葦の秘密』鶴書院
2008年『小説恐怖の裁判員制度：ワッ赤紙が来た！　懲役と罰金のワナ！：続・囁く葦の秘密』鶴書院
2009年『恐怖の洗脳エコロジー：囁く葦の秘密 完結編』鶴書院
2009年『小説恐怖の洗脳エコロジー：囁く葦の秘密 完結編』鶴書院
2013年『純白の未来』（自費出版）

タロー　子供の夢

2024年11月30日発行
著　者　雨宮惜秋
発行者　向田翔一

発行所　株式会社22世紀アート
〒103-0007
東京都中央区日本橋浜町3-23-1-5F
電話　03-5941-9774
Email: info@22art.net　ホームページ：www.22art.net

発売元　株式会社日興企画
〒104-0032
東京都中央区八丁堀4-11-10 第2SSビル 6F
電話　03-6262-8127
Email: support@nikko-kikaku.com
ホームページ：https://nikko-kikaku.com/

印刷
製本　株式会社PUBFUN

ISBN：978-4-88877-317-1

タロー

子供の夢